N° 1

L'ITALIE

POÈME

DÉDIÉ À S. M.

LE ROI DE SARDAIGNE

PAR

Henry Bénédict de LaCombe.

Orné d'un portrait du Roi Victor Emmanuel 11.

lith. par A. Roussin

SAINT-DENIS, ILE DE LA RÉUNION
IMP. LITHO. A. ROUSSIN, RUE DE L'ÉGLISE, 40.

1859.

LE ROI VICTOR EMMANUEL

A LA MÉMOIRE
DE
CHARLES ALBERT.

Arracher son pays au fer des victimaires,
Briser à tout jamais des chaînes séculaires;
Sur l'étendard royal si fièrement porté
Graver ces mots puissants : Patrie et Liberté!
Offrir à l'univers le spectacle sublime
D'un prince affranchissant un peuple qu'on opprime,
Arracher à la tombe, à son profond sommeil,
Le berceau des beaux arts, le pays du soleil,
Le vieux sol si puissant de gloire et de science,
Dont les grands souvenirs ont bercé notre enfance,

1861

L'ITALIE

POÈME

DÉDIÉ À S.M.

LE ROI DE SARDAIGNE.

I.

Oh! Ne méprisons pas les croyances antiques,
Les cultes abolis des dieux mythologiques!
Les cendres du passé, dans leur linceuil profond,
Ont encore une voix qui chante et nous répond.
De ces siècles perdus dans le lointain des âges
La lyre et le pinceau décrivent les images.
Lorsqu'aux bords africains, vainqueurs des circoncis,
Nos soldats réveillaient les vieux refrains d'Isis,

A leurs yeux étonnés éclatants de lumière
Les Dieux égyptiens sortaient de la poussière :
A l'hymne marseillais, aux accents des clairons
Ils voyaient tout à coup surgir les Pharaons ;
Palmyre avec transport applaudir leurs batailles,
L'antique Denderah, relevant ses murailles,
Saluer le drapeau dont les immenses plis
Se déroulaient au vent du Caire et de Memphis,
Et pour mieux accueillir leurs sublimes cohortes,
Thèbes à deux battants, ouvrir toutes ses portes !

II

Oh ! Quand les champs lombards ont, après soixante ans,
Vu flotter le drapeau de nos fiers vétérans,
Que Milan, Magenta, Palestro, Suze, Gênes,
Ont, aux hymnes français, vu les aigles romaines
De leur profond sommeil s'éveiller tout à coup,
Le peuple Italien s'est retrouvé debout !
Un long cri de triomphe a rompu son silence :

Victor-Emmanuel ! Patrie ! Indépendance !
Liberté !.. Vieux Romains, sous le froid du linceuil
Vos cœurs ont dû frémir d'un enthousiaste orgueil ;
Dans vos tombeaux flétris vos cendres ranimées
Ont après deux mille ans salué nos armées,
Lorsqu'en un jour de gloire ont les bords du Tessin
Vu Camille et Brennus qui se tendaient la main !

III

Oh ! Lorsqu'il contemplait tes immenses ruines,
Et ton front incliné sous le bandeau d'épines,
Alors que sous le joug, gémissant, aux abois,
Ils t'avaient, nouveau Christ, attachée à la croix,
Italie ! Italie ! Oh ! quel cœur de poëte
Au front de tes bourreaux n'appela la tempête ?
Sur tes débris sanglants, tes temples abattus,
N'évoqua dans ses vers l'ombre des deux Brutus,
Ces deux frères tribuns dont le mâle génie

Des fiers patriciens brisait la tyrannie.
Et ce Térentillus qui disait au Sénat
Dans son sublime orgueil : Le peuple, c'est l'Etat!
Et ce vieux Marius, sept fois consul de Rome,
Que Sylla fit proscrit, que l'exil fit grand homme,
Qu'après vingt siècles morts évoquant du tombeau,
Du haut de la tribune acclamait Mirabeau!
Et tant de citoyens si grands dans ton histoire
Que, pour toi, chaque nom est un titre de gloire!
Et ce Sénat puissant, aux populaires lois,
Que Cinéas prenait pour un peuple de rois!!

IV.

Tant que la liberté t'abrite sous ses ailes,
Le monde entier s'abreuve à tes larges mamelles,
O fille de Saturne! O mère des héros!
Tes vieux Dieux détrônés te sauvent des bourreaux:
Tu marches sans obstacle et ta course féconde
D'un sillon lumineux enveloppe le monde.

V.

Mais de toi l'Univers détourna ses regards
Quand ton genou fléchit sous l'aigle des Césars.
Le monde s'insurgea contre ta tyrannie,
Avec ta liberté tu perdis ton génie,
Et le Tibre souillé, sous leur joug tout puissant,
Au lieu de flots dorés roula des flots de sang!

VI.

Non! non! le sang n'est pas un vain titre de gloire!
Et lorsque l'avenir ouvrira votre histoire,
Vous dont le joug de fer courbe une nation,
Frédéric, Joseph III, Rosas, César, Néron,
En vain autour de vous rayonnent les prestiges,
Votre existence en vain fut féconde en prodiges,
A des poids différents vos noms seront pesés;
Par des noms plus obscurs ils seront effacés,
Et si jamais devant cet infaillible arbitre
Vos noms, si grands qu'ils soient, conservent quelque titre,

Empereur ou tribun, Auguste, ce sera
Moins le nom d'Actium que celui de Cinna;
Et si le nom d'Octave en exemple est fertile
C'est sous le vert rameau du laurier de Virgile.

VII.

Et toi, toi dont le nom a rempli l'univers,
Dont la fortune seule égale les revers,
Général, Consul, Roi, le soldat et le sage.
De ta grande épopée analysant la page,
Se demandent tous deux dans leur recueillement
Ce qui fait, à leurs yeux, que tu parais si grand.
Est-ce le philosophe à la pensée austère,
Le guerrier dont l'épée a dominé la terre?
Ta sainte majesté sur le sombre rescif
Où l'Océan, six ans, t'a retenu captif?
Est-ce l'homme d'état si haut de renommée,
Ou le grand empereur guidant la grande armée?

Bonaparte! pour nous, si ton nom est puissant;
Si, comme un phare immense il brille au premier rang,
Si la Bérésina, si les déserts arabes
En murmurent encor les magiques syllabes,
S'il rayonne surtout du fond de ton exil,
C'est que tu l'as gravé sur le code civil,
Dont tout feuillet, empreint d'une sagesse aimée,
Est plus grand à nos yeux qu'un bulletin d'armée!

IX.

Pour tout peuple opprimé la vie est un combat;
C'est un champ de bataille où chacun naît soldat.
Mais que le joug hideux l'abaisse ou le relève,
Il est une heure sainte où, saisissant le glaive,
Vil esclave la veille, héros le lendemain,
Spartacus fait surgir un peuple souterrain.
Des Alpes au Reggio, du Tyrol jusqu'au Tibre,
Un cri profond s'entend: Honneur au peuple libre!!
Plus de fers, de tyrans, tout despote est maudit,
Le spectacle est sublime, et le monde applaudit!!

X.

Aujourd'hui le phénix ne sort plus de la poudre :
Le droit divin est mort, il attirait la foudre !

XI.

On conte qu'autrefois, un roi nommé Louis
Trouvant étroits pour lui ses palais de Paris,
Dans un bourg ignoré, perdu dans les broussailles,
Éleva le château sublime de Versailles.
Jamais rien de si grand n'avait été conçu :
De la reine d'Assur le palais suspendu,
Le temple juif orné de porphyre et d'agate,
Le temple Ephésien brûlé par Érostrate,
Ces merveilles de l'art sublimes monuments,
Que le monde idolâtre admira six mille ans,
Ces murs, ces chapiteaux découpés en dentelle,
Avec lui ne pouvaient entrer en parallèle.
Des bois mystérieux, de fraîches oasis
Que gardaient de vieux dieux indolemment assis

—

Des lacs improvisés dont les vagues superbes
S'élevaient en colonne et retombaient en gerbes;
Des horizons charmants, enchantant les regards,
Vénus et Sylvia souriant au dieu Mars;
Des groupes amoureux, le long des avenues,
Le ciel olympien reproduit en statues.
Qui le paya?... Le peuple, avec de lourds impôts;
Lui-même il en porta les pierres sur son dos;
Il épuisa sa bourse, il épuisa sa veine,
A parer du Grand-Roi le somptueux domaine;
Et ce palais splendide, aux splendides lambris,
Proclamait en tous lieux la grandeur de Louis!
Et lui, le front paré de la double couronne
Une main sur le sceptre et le pied sur le trône,
Aux parlements vaincus et soumis à sa loi,
Dans son immense orgueil disait : L'état, c'est moi!

XII

Mais de ce mot fameux le peuple eut sa revanche
Un jour il accourut ainsi qu'une avalanche,
Et du palais hautain, de son doigt tout-puissant,
Marqua le front royal d'une tache de sang.

Sur le trône vacant il traîna ses guenilles,
Dans un jour de colère il rasa les bastilles,
Et sur la place vide où s'élevaient jadis
Ces donjons crénelés aux sombres ponts levis,
Écrivit de sa main dans sa sainte clémence,
Ce mot à tout jamais célèbre : Ici l'on danse !
Puis, fier de son travail, de sa gloire jaloux,
Il se croisa les bras et dit : L'État c'est nous !

XIII.

La Révolution par ce seul mot s'exprime,
Et de mon conte il est la morale sublime.

XIV.

Oh ! sans doute, en ces temps de sombre souvenir,
Bien des pages de sang frapperont l'avenir.
Sans doute, de grands deuils pesèrent sur la France,
Du nom de liberté l'on nomma la licence,
La loi fut méconnue et le fer du bourreau
Du sang sacré des rois arrosa l'échafaud ;
Mais n'a-t-on pas toujours vu que pour les grands crimes

L'exemple s'adressait à de grandes victimes,
Et, pour racheter l'homme, un jour, en ce bas lieu,
Il fallut au gibet clouer le fils de Dieu.

XV.

Ces sombres jours de deuil, ces sinistres vengeances
Des siècles ignorants furent les conséquences.
Notre époque a compris le grand mot: liberté!
On ne dit plus un peuple, on dit l'humanité,
Et des apôtres saints, à la grande famille
Propagent les bienfaits du moderne Evangile.

XVI.

Mais combien nos aïeux soutinrent de combats
Pour pouvoir nous léguer ces puissants résultats!
Que d'efforts! Que de deuil! Quelle lutte profonde
De son soleil moral pour doter ce vieux monde,
L'arracher au chaos des féodales lois,
Et le créer enfin pour la seconde fois!

XVII.

Après vingt siècles morts, enfin tu te réveilles,
Ô vieux peuple Romain si fécond en merveilles!

L'esclavage toujours enfante des héros ;
La voix de Charle-Albert t'arrache à ton repos,
Et ma muse, aujourd'hui, vient sainte et populaire,
Glorifier le fils sur la tombe du père.

XVIII.

Vous dont la liberté fut la première loi,
Victor-Emmanuel, vous êtes vraiment roi !
Pinceau, lyre, burin, épuisez la louange ;
Vieux Dante, Gibelin, immortel Michel-Ange,
Toi, dont le nom éveille un si sublime écho,
Doux chantre de Ferrare, ô Tasse Torquato !
Dont le brun gondolier, d'une voix si plaintive,
Chante la strophe sainte à Venise captive ;
Poëte Modénais dont la lyre et la voix
Des siècles chevaliers ont redit les exploits,
Dont la muse suave et chère à ta patrie
Dans ses longues douleurs consola l'Italie,
Revenez de l'exil, sortez de vos cachots ;
Debout, morts immortels ! Saluez un héros !
Le vaisseau de l'état de ses bourreaux s'allège,
Levez-vous, levez-vous, et faites-lui cortège ;

Unissez sur son front par la gloire embrasé,
Aux palmes du présent, les palmes du passé !!!

XIX

Oh ! Viens pour l'admirer dans sa lutte héroïque,
Martyr de Marengo, fils de la république,
Qui dormis soixante ans dans un drapeau français,
Quitte ton saint linceul grande ombre de Dessaix,
Et dis comme Kléber, plein d'une foi profonde :
Sire, vous êtes grand, aussi grand que le monde !

XX.

Lombards, Sardes, Toscans, marchez, dignes rivaux,
Avec la même foi sous les mêmes drapeaux !
Vos pères glorieux vous ont donné l'exemple,
Le monde vous bénit, l'avenir vous contemple ;
Le peuple Italien apprend à rebâtir
Sur son passé sublime un sublime avenir.
Dans sa course, guidé par les jalons antiques,
Manque-t-il de grands noms, de dates héroïques ?
Pour marcher sans obstacle à la postérité,

Qu'il oppose aux tyrans une sainte unité.
Vaincu, Flaminius, au lac de Trasimène,
A-t-il désespéré de la grandeur Romaine ;
A Varron fugitif, le Sénat n'a-t-il pas
Décerné les honneurs, la palme des combats ?
A Novarre, proscrit, haletant et sans trêve
Ecrasé, Charle-Albert a-t-il brisé son glaive ?
Non ! Il resplendissait de foi dans l'avenir :
Un peuple était esclave, il fallait l'affranchir.
Et qu'importe, après tout, qu'on vive ou qu'on succombe,
Si la liberté plane au dessus de la tombe ;
Si de grands souvenirs, un peuple transporté,
De malheur en malheur marche à la liberté ;
Si le père mourant sans finir son ouvrage,
Lègue à son successeur un si saint héritage ;
Si le successeur doit, nouveau Germanicus,
Venger sur les Germains la honte de Varus !...

www.ingramcontent.com/pod-product-compliance
Ingram Content Group UK Ltd.
Pitfield, Milton Keynes, MK11 3LW, UK
UKHW020539230726
13925UKWH00006B/2374

9 782013 596626